TABLE

« Pour l'éditeur, le principe est d'utiliser des papiers composés de fibres naturelles, renouvelables, recyclables et fabriquées à partir de bois issus de forêts qui adoptent un système d'aménagement durable. En outre, l'éditeur attend de ses fournisseurs de papier qu'ils s'inscrivent dans une démarche de certification environnementale reconnue. »

Imprimé en France par Jean-Lamour - Groupe Qualibris
Dépôt légal : mars 2011
20.07.2296.0/01– ISBN 978-2-01-202296-6
Loi n° 49956 du 16 juillet 1949
sur les publications destinées à la jeunesse

THE CLONE WARS™

La mission de Palpatine

hachette
JEUNESSE

Les planètes de la galaxie doivent

choisir leur camp : s'allier aux

Séparatistes ou aider les Jedi à

protéger la République ? Un seul

clan survivra à cette guerre.

Le vainqueur contrôlera la galaxie

tout entière, et fera régner

la paix ou la terreur...

STAR WARS

THE CLONE WARS ™

© Hachette Livre, 2011, pour la présente édition.
Conception graphique du roman : Laurent Nicole.
Exécution graphique : François Hacker
Traduction : Florence Mortimer

Hachette Livre, 43, quai de Grenelle, 75015 Paris.

Les Jedi

L'ancien padawan d'Obi-Wan est devenu un Chevalier Jedi impulsif et imprévisible. Il a une maîtrise impressionnante de la Force. Mais est-il vraiment l'Élu que le Conseil Jedi attend ?

Ahsoka Tano

Yoda a voulu mettre Anakin à l'épreuve : il lui a envoyé une padawan aussi butée et courageuse que lui... Cette jeune Togruta possède toutes les qualités nécessaires pour être un bon Jedi, sauf une : l'expérience.

Les Jedi

Général Jedi,
il commande l'armée
des clones. Il est reconnu
dans toute la galaxie
comme un grand guerrier
et un excellent négociateur.
Son pire ennemi est
le Comte Dooku.

Maître Yoda

C'est probablement
le Jedi le plus sage
du Conseil.
Il combat sans relâche
le Côté Obscur de la Force.
Quoi qu'il arrive,
il protégera toujours
les intérêts de
la République.

Les clones de la République

Ces soldats surentraînés ont tous le même visage puisqu'ils ont été créés à partir du même modèle, sur la planète Kamino. Le bras droit d'Anakin, le capitaine Rex, est un clone aussi entêté que son maître !

Les Séparatistes

Cette ancienne Jedi
a rapidement préféré
le Côté Obscur
de la Force. Elle est la plus
féroce des complices du
Comte Dooku,
mais surtout, elle rêve
de détruire Obi-Wan.

Le Comte Dooku

Il hait les Jedi.
Son unique but est
d'anéantir la République
pour mieux régner
sur la galaxie. Il a sous
son commandement
une armée de droïdes
qui lui obéissent
au doigt et à l'œil.

Le Général Grievous

Ce cyborg est une véritable machine à tuer ! Chasseur solitaire, il poursuit les Jedi à travers toute la galaxie.

Darth Sidious

Il ne montre jamais son visage, mais c'est pourtant ce Seigneur Sith qui dirige Dooku et les Séparatistes. Personne ne sait d'où il vient mais son objectif est connu de tous : détruire les Jedi et envahir la galaxie.

Cad Bane regarde un holoVD en se curant les dents avec un mini-pic à glace en dura-cier dans le cockpit de son vaisseau spatial quand un voyant du tableau de bord se met à clignoter.

— Approchons du système Bogden. Sortie de l'hyperespace dans trois minutes, an-nonce l'ordinateur de bord.

Tout en continuant à se curer les dents, Bane arrête l'holoVD. C'est le volume VII de la collection complète des assassinats, l'un des plus grands succès de la Guilde des chasseurs de primes. Il y a même les bonus ! Dont une séquence sur les différentes techniques pour tuer des cibles amphibies.

Bane avait espéré apprendre de nouveaux trucs, mais, jusqu'à maintenant, tout ce qu'il a tiré de son visionnage, c'est quelques fous rires. Les deux Trandoshans : Crassdock, le patron de la Guilde, et son fils Bossk sont de vrais comiques ! Ils ne sont jamais d'accord et passent leur temps à se battre. Bane les trouve vraiment hilarants !

À l'extérieur du cockpit, la limite de l'hyperespace se matérialise sous la forme d'une cascade de lumière. Le vaisseau de Bane passe à travers et poursuit sa route. Bane se détourne du holoprojecteur désactivé en faisant pivoter son siège vers le tableau de bord sur lequel il vérifie les systèmes de propulsion et de navigation.

Si, à première vue, tout semble normal, il remarque cependant une fluctuation minime dans le générateur de champ de vide quantique.

Même si Bane est très doué pour créer le chaos autour de lui, son véritable talent consiste à rassembler et organiser les données nécessaires pour contrôler tout ce qui l'entoure. Il aime que tout se déroule à *sa* manière.

Le vaisseau de Bane s'appelle le *Sleight of Hand*. Il a peut-être l'apparence d'un vieux cargo délabré, mais en réalité, c'est une navette Telgorn entièrement modifiée. Et c'est Bane qui a effectué cette transformation quasiment tout seul.

Le blindage de sa coque vaut celui d'un vaisseau militaire et, grâce à son hyperdrive boosté, le *Sleight of Hand* peut l'emmener à l'autre bout de la galaxie en beaucoup moins de temps que la majorité des vaisseaux spatiaux.

L'armement compte une tourelle équipée

d'un laser pour les combats de vaisseau à vaisseau et pour pulvériser les astéroïdes gênants, deux gros canons laser relevant de l'artillerie lourde et un canon à ion que Bane a utilisé plus d'une fois pour mettre hors d'état des vaisseaux cargos. Un brouilleur de détecteur sophistiqué rend le *Sleight of Hand* invisible pour la plupart des scanners.

Bane coince le petit pic à glace entre ses dents pour libérer sa main, puis actionne les boutons de son tableau de bord jusqu'à ce qu'il ait réussi à corriger cette mini-fluctuation.

Satisfait de voir que le générateur fonctionne maintenant au mieux de ses possibilités, il reprend le pic à glace et le fait tourner machinalement entre ses doigts.

Il se lève de son siège pour aller inspecter

l'arrière de son vaisseau, emportant le pic à glace avec lui.

Il s'arrête devant la boîte en plastoïde noir de deux mètres de long, qui flotte à quelques centimètres du sol et qui est arrimée magnétiquement à la paroi. Il appuie sur le bouton qui se trouve sur le côté. Le couvercle glisse, laissant apparaître un cercueil en acier transparent. Sous la paroi en trans-acier, se trouve le corps immobile du Jedi Ambase Ring-Sol.

Le cercueil est en fait un sarcostase.

Le moniteur du système vital scellé sur le côté est recouvert de glace. Avec une précision chirurgicale, Bane y plante le petit pic à glace et troue la couche très mince de glace en faisant attention à ne pas abîmer l'écran du moniteur. Puis, il se penche et lit les données des signes vitaux du Jedi.

Ambase est dans le même état que lorsque, sur la planète Kynachi, Bane l'a enfermé dans le sarcostase : au bord de la mort. La vie d'Ambase Ring-Sol dépend uniquement des réglages de son cercueil. Bane l'aurait bien tué sur-le-champ, mais on ne l'avait pas engagé pour tuer le Jedi, juste pour le transporter de la planète Kynachi à la cinquième lune du système Bogden.

Le chasseur de primes referme le couvercle en plastoïde et accroche le pic à glace à sa ceinture tout en se dirigeant vers le cockpit.

Au moment où il se rassied dans son siège, le moteur de l'hyperdrive commence à ralentir. Il plisse ses gros yeux rouges et regarde à travers le pare-brise du cockpit la cascade lumineuse de l'hyperespace s'effacer avant de disparaître.

Le *Sleight of Hand* quitte l'hyperespace sans la moindre vibration.

Une grande planète apparaît devant le vaisseau. Cad Bane n'a pas besoin de consulter les données de son ordinateur pour savoir qu'il s'agit de la planète Bogden, un monde instable flanqué de nombreuses lunes, mais il le fait quand même histoire de vérifier que son système de navigation fonctionne parfaitement. Cela fait partie de ses habitudes :

il refuse de se retrouver à la merci d'une technologie défectueuse !

Il focalise ensuite toute son attention sur ses écrans de contrôle : il oriente les scanners longue distance sur la cinquième lune de Bogden : Bogg 5. Une série de données s'affichent à l'écran, dont les signaux de différentes transmissions. En quelques secondes seulement, Bane apprend qu'il y a cinq vaisseaux qui se dirigent vers la lune et trois qui s'en éloignent. Aucun de ces vaisseaux n'avance à une vitesse excessive, n'est répertorié comme « volé » ou ne semble savoir que le *Sleight of Hand* est en train d'entrer dans le système Bogden.

Grâce à son système de filtrage extrêmement sophistiqué, Cad Bane isole un signal provenant d'un petit satellite artificiel qui est en train de tourner autour de Bogg 5. Le signal est un point vert clignotant sur son écran de contrôle. Une minuscule fenêtre à l'écran indique que le signal est émis sur une fréquence sécurisée. Le satellite artificiel a la forme d'une sphère d'à peine un mètre de diamètre.

Bane sait que ce signal s'adresse à lui et à lui seul. Il règle son émetteur-récepteur sub-spatial sur le signal et tape le mot de passe préprogrammé. Si le mot de passe est inexact, le satellite explosera. Mais, comme il a tapé le bon, il reçoit les coordonnées de sa nouvelle destination. Des coordonnées qui correspondent à une région inhabitée de Bogg 5 : une grande étendue déserte à quatre-vingts kilomètres au nord de la ville de Mong'tar.

Bane opère de nombreux réglages sur son émetteur, puis transmet un signal qui se propage *via* les satellites jusqu'à Bogg 5. Ensuite, il se dirige droit sur le lieu dont les coordonnées viennent juste de lui être transmises. Ses détecteurs révèlent la présence d'un seul vaisseau : le *Punworcca 116*, une frégate solaire qui l'attend.

Le chasseur de primes élargit la portée de ses scanners au-delà du système Bogden. D'autres vaisseaux, d'autres transmissions, de nombreux astéroïdes et diverses traînées de radiation apparaissent et disparaissent sur ses écrans.

Ses détecteurs ne révèlent aucun trafic in-habituel ou anomalies gravitationnelles, mais cela n'empêche pas Bane d'être extrême-ment prudent. Pour lui, une personne qui se fie à ses scans est non seulement un idiot, mais c'est surtout un idiot qui mérite de se faire avoir.

Il choisit ensuite la route qu'il va emprun-ter pour rejoindre la surface de Bogg 5.

Parce qu'il est toujours convaincu qu'il peut être suivi, Bane a mis au point une tactique particulière : il se débrouille pour être loin devant tout le monde. Et jusqu'à ce qu'il soit absolument certain que personne ne l'espionne ou ne le suive, il est hors de question qu'il s'approche du voilier solaire qui l'attend au point de rendez-vous.

Quasiment deux heures plus tard, après avoir tourné au-dessus de la zone d'alunissage, une large étendue plate de rochers noirs, Bane fait enfin atterrir le *Sleight of Hand* à dix mètres du voilier solaire.

Il sort de son vaisseau, pose le pied sur la roche et examine la frégate avec soin.

Une silhouette, la tête recouverte d'une capuche, marche dans sa direction. C'est une femelle humanoïde dont Bane ne peut distinguer le visage, à moitié caché par la capuche. Sa peau est blanche comme la craie et ses yeux sont si pâles que, si elle n'était pas en train de marcher, on pourrait la croire morte !

— Tu es en retard, dit Asajj Ventress.

— Je devais m'assurer que je n'étais pas suivi, répond Bane, et que vous n'aviez pas amené quelques-uns de vos amis.

— Des amis ? répète Ventress d'un air méprisant.

Bane sourit.

— Je vous ai apporté quelque chose. Ça vous intéresse ou pas ?

Asajj Ventress acquiesce d'un hochement de tête et Bane la précède à l'intérieur du *Sleight of Hand*.

Il l'entraîne jusqu'à la boîte en plastoïde noir. Il fait glisser le couvercle sous lequel se trouve le sarcostase en acier transparent, à l'intérieur duquel repose le corps immobile d'Ambase Ring-Sol. Il montre du doigt la nouvelle couche de glace qui recouvre le moniteur des signes vitaux à Ventress.

— Le fait que le moniteur soit pris dans la glace est normal. Ça prouve que tout marche bien, explique-t-il à l'ancienne Jedi.

— Cela signifie surtout que ton sarcostase est une antiquité, lâche Ventress avec dédain.

Décidant d'ignorer son commentaire, Bane continue :

— Pour lire l'écran du moniteur et accéder aux boutons de commande, il suffit de briser la glace. Comme ça.

Et, joignant le geste à la parole, il prend le mini-pic qu'il a accroché à sa ceinture et s'attaque à la glace avec quelques gestes précis. La glace ne tarde pas à se craqueler et à révéler le moniteur.

Ventress examine alors les données affichées sur l'écran, puis se penche au-dessus du cercueil pour étudier soigneusement le visage immobile du Maître Jedi Ambase Ring-Sol. Pas un souffle d'air ne s'échappe de ses narines.

— On m'a dit qu'on me donnerait de nouvelles instructions, dit Bane.

Ventress se redresse et s'éloigne du cercueil pour faire face à Bane.

— Tu dois te rendre à Bilbringii. Mais avant,

transfère ce sarcostase sur mon vaisseau, or-
donne-t-elle. Et je prends le pic à glace.

— Il faudra que vous vous trouviez votre
propre pic à glace, dit Bane en rangeant le
sien à sa ceinture. Celui-là m'appartient.

Après le transfert du sarcostase sur le voilier solaire, Ventress suit des yeux le vaisseau
spatial du chasseur de primes pendant qu'il
s'élève au-dessus de Bogg 5.

Elle attend qu'il disparaisse avant d'aller
s'asseoir dans le cockpit du voilier solaire, à
côté du pilote droïde. Une fois installée, elle
lui ordonne de décoller.

Ventress se rend ensuite dans la cale principale pour inspecter sa cargaison.

Le sarcostase qui contient Ambase est rangé
à côté d'un deuxième sarcostase beaucoup
plus récent. Dessus est posé un casque blanc

de l'armée républicaine avec une visière en T : il appartient à l'individu inconscient qui se trouve dans le deuxième sarcostase.

Ventress vérifie que les deux sarcostases fonctionnent correctement avant de retourner dans le cockpit.

Le voilier solaire vole droit vers une autre lune de Bogden, un ancien monde nommé Kohlma.

Très rapidement, l'élégante frégate pénètre dans l'atmosphère de Kohlma et entame sa descente. Il traverse une couche de nuages gris et se dirige vers une haute montagne.

Au sommet de cette montagne s'élève un château en pierres noires doté d'un dôme central et de piques aiguisées qui semblent jaillir des rochers.

Le voilier solaire se pose sur une plate-forme près du dôme.

La rampe d'accès du voilier se déplie et Ventress sort à l'air libre, sous la pluie. En marchant, elle repousse sa capuche et tourne son visage d'une pâleur mortelle vers le ciel. Elle ferme ses yeux tandis que la pluie inonde son visage.

— Tu es en retard, l'accueille une voix grave d'un ton accusateur.

Ventress rouvre aussitôt les yeux et se tourne vers l'entrée du château la plus proche où se tient la personne qui vient de parler. Il s'agit d'un homme, grand, très soigné, entièrement vêtu de noir : le Comte Dooku, l'ancien Maître Jedi devenu le leader de l'Alliance Séparatiste.

— C'est la faute du chasseur de primes, rétorque Ventress. C'est lui qui était en retard.

Dooku hausse un sourcil.

— J'espère qu'il n'est pas au courant de ta mission sur Kynachi ?

Ventress le rassure d'un hochement de tête avant de changer de sujet.

— J'ai obtenu un… compagnon pour Ambase Ring-Sol. Comme vous me l'avez demandé.

Dooku s'éloigne de la porte d'entrée, sa cape noire flottant derrière lui. Au-dessus de sa tête plane un petit appareil en forme de disque : l'objet le suit et émet un mince champ d'énergie qui le protège de la pluie. Il rejoint Ventress en restant totalement sec. Il fait un geste vague en direction du vaisseau et ordonne :

— Prépare ce voilier à s'écraser.

— À s'écraser ? Mais pourquoi ? s'étonne Ventress.

— Fais ce que je te dis, répond sèchement le Comte.

Ventress fixe son Maître pendant quelques secondes, puis, furieuse, lui tourne le dos et se dirige vers la belle frégate.

Dooku laisse son repousse-pluie à l'entrée du vaisseau.

Dans la cale principale, il trouve les sarcostases. Ignorant celui qui renferme le soldat républicain, il s'approche de la boîte en plastoïde noir et fait glisser son couvercle. Il fixe le visage du Maître Jedi qui repose dans le cercueil en acier transparent.

Effleurant du bout des doigts la surface glacée du sarcostase, Dooku sourit avant de murmurer :

— Cela fait bien longtemps, mon vieil ami.

CHAPITRE 2

L'équipe de sauvetage

Nuru Kungurama a de quoi être préoccupé. À la suite d'un incroyable concours de circonstances, le padawan traverse la galaxie à bord d'un vaisseau de contrebande, en compagnie d'une escouade de quatre clones de la République et d'un droïde de combat reprogrammé. Ils doivent se rendre sur une station spatiale en orbite autour de la lointaine planète natale de Nuru, la planète Csilla, dans l'espace Chiss pour une mission secrète.

C'est incroyable, d'autant que Nuru n'est qu'un apprenti Jedi et que c'est le Chancelier Suprême, Palpatine lui-même, qui lui a confié cette mission.

Tout va trop vite.

L'espace Chiss fait partie des Régions Inconnues, très loin de la Bordure Extérieure. Même si Nuru et ses compagnons voyagent plus vite que la lumière dans l'hyperespace, leur destination est si lointaine que ce voyage nécessite plusieurs haltes et de nombreux détours : il va leur falloir presque dix jours pour y arriver. Nuru est peut-être déjà allé dans l'espace Chiss, mais il n'en a aucun souvenir.

À part dans un miroir, je n'ai jamais vu le visage d'un Chiss.

Depuis son plus jeune âge il a vécu dans le Temple Jedi, sur Coruscant. C'est là qu'il a grandi et, même si Coruscant a toujours accueilli d'innombrables immigrants de l'espace – certains avaient même la peau bleue et les yeux rouges – Nuru y a toujours été le seul à être né sur Chiss. Même dans la bibliothèque du Temple Jedi, il y avait plus de renseignements sur les araignées de Kessel, une espèce extrêmement rare, que sur le système de Chiss !

Il y a quelques jours, son Maître Jedi, Ambase Ring-Sol, se préparait à partir en mission et Nuru avait eu le pressentiment qu'il n'allait pas revenir. L'ancien Maître de Nuru, Lanchu Skaa, avait trouvé la mort pendant la bataille historique de Geonosis, celle qui avait déclenché la guerre civile entre la République Galactique et l'Alliance Séparatiste. Nuru était encore très triste d'avoir perdu Maître Skaa, d'autant plus que Skaa ne lui avait même pas dit au revoir. Le padawan sait bien que ce n'est pas la faute de Skaa : Nuru est convaincu qu'il lui aurait dit au revoir s'il avait pu et s'il avait pressenti qu'il allait mourir.

Est-ce que je retournerai un jour sur Coruscant ?

Déterminé à ne pas perdre son deuxième Maître, Nuru s'était embarqué clandestinement sur le vaisseau qui transportait Ambase et les trois escouades de clones sur Kynachi. Il avait juste voulu l'aider.

La mission avait tourné au désastre. Les forces de l'Union Techno commandées par le Contremaître Umbrag leur avaient tendu une embuscade : elles leur étaient tombées dessus dès leur entrée dans l'atmosphère de Kynachi. Leurs navettes de secours avaient été sabotées, beaucoup de soldats avaient péri, et Ambase avait disparu.

Est-ce l'un des soldats qui a saboté les navettes ? Ou quelqu'un d'autre ?

Heureusement, Nuru et un petit groupe de soldats avaient survécu. Ils avaient trouvé de nouveaux alliés comme la pilote Lalo Gunn, la capitaine du *Hasty Harpy*, et le droïde qu'ils avaient reprogrammé et rebaptisé Sabre. Joignant leurs forces, ils avaient réussi à délivrer les clones emprisonnés dans la prison de Kynachi et avaient même libéré Kynachi du joug de l'Union Techno. Ils étaient devenus l'équipe de sauvetage.

Je n'ai pas appris à commander une escouade de soldats.

Malgré cette victoire sur l'Union Techno, Nuru était convaincu qu'il allait se faire expulser de l'Ordre des Jedi parce qu'il avait quitté Coruscant sans autorisation. En fait, le Chancelier Suprême Palpatine avait persuadé Maître Yoda de permettre à l'équipe de sauvetage d'escorter Nuru à Csilla pour une mission diplomatique dans l'espace Chiss.

Le Chancelier en personne a donné des instructions à Nuru et lui a fourni les coordonnées de navigation pour la série de sauts dans l'hyperespace nécessaires pour rejoindre Csilla. Il lui a aussi transmis quelques données sur la culture Chiss, et un petit guide interactif de la langue Chiss, le Cheunh, et même du Minnisiat, une langue commerciale soi-disant plus simple. Nuru ne comprend ni l'un, ni l'autre !

On aurait dû prendre un droïde de protocole avec nous.

Par chance, les instructions du Chancelier sont extrêmement simples : Nuro doit rencontrer, sur une station spatiale, un officier Chiss du nom de Sev'eere'nuruodo et lui proposer d'établir avec la République Galactique de profondes relations diplomatiques.

Et si c'était un piège ?

Nuru ne peut pas imaginer que le Chancelier l'enverrait intentionnellement à la mort. Cependant, il se rend compte qu'en y pensant, sa main a bougé. Ses doigts effleurent les deux sabres laser accrochés à sa ceinture. Il a fabriqué l'un de ces deux sabres et l'autre lui a été donné sur Kynachi par un mystérieux chasseur de primes Duros qui a prétendu l'avoir trouvé. Ce deuxième sabre laser appartient à Ambase.

Mon Maître est vivant. Je le sais !

La dernière fois qu'il a vu son Maître aux cheveux argentés, c'était sur un écran de contrôle, quelques secondes avant que la navette de secours qui transportait Ambase ne quitte le vaisseau endommagé dans l'atmosphère de Kynachi. Nuru se demande si Ambase a été kidnappé par le contremaître Umbrag : il a vu son Metalhorn quitter Kynachi juste avant l'arrivée des renforts de la République.

Nuru a beau voyager avec son équipe, il se sent terriblement seul.

Il faut que je m'éclaircisse les idées.

Il inspire profondément et commence à méditer.

Une heure plus tard, alors qu'il médite toujours, face au mur, un vacarme épouvantable retentit dans la cabine. Il sait très bien qui est responsable… *L'équipe de sauvetage.*

Lalo Gunn est assise dans le cockpit de son vaisseau cargo, le *Hasty Harpy,* quand elle entend un fracas terrible qui parvient de la cabine principale. Le *Harpy* avance à toute allure dans l'hyperespace et Gunn est inquiète : et si c'était dû à un dysfonctionnement du moteur ?

Une seconde plus tard, elle entend un bruit encore plus assourdissant que le premier. Elle examine les écrans de contrôle, cherchant une anomalie indiquant un incident ou une panne technique.

Deux autres déflagrations, suivies d'un martèlement violent et rapide, ont lieu.

Gunn attrape l'hydrospanner qui pend au crochet sur le côté de son siège et se précipite hors du cockpit. Elle se baisse pour passer dans le sas qui conduit à la cabine et avance en brandissant l'hydrospanner comme une arme. En sortant du tunnel, le spectacle qu'elle découvre l'arrête net dans son élan.

Un clone en armure se bat contre le droïde de combat. Ils utilisent deux longs bâtons en duracier et chaque coup provoque un bruit retentissant.

Deux autres clones, face contre terre, côte à côte, font un concours de pompes. Chaque fois qu'ils plient les coudes, leurs casques heurtent le sol métallique de la cabine au niveau de leur menton.

Le quatrième clone, qui porte une combinaison en néoprène noir, est allongé sur le banc d'accélération. Il a croisé les doigts derrière sa nuque et bloqué ses jambes sous un meuble pour augmenter la traction pendant qu'il travaille ses abdominaux.

Gunn remarque ensuite la présence du jeune Jedi à la peau bleue. Elle ne l'a pas vu tout de suite, non seulement parce qu'il est le seul dans la pièce à ne pas bouger, mais aussi parce que la couleur foncée de sa tunique se fond dans les murs de la cabine. Le garçon se tient un peu à l'écart, debout, la tête légèrement penchée, les mains derrière le dos. Il fixe un coin de la pièce, apparemment inconscient du remue-ménage derrière lui.

— Qu'est-ce qui se passe, par ici ?

Les quatre soldats et le droïde de combat se figent aussitôt, puis se tournent lentement vers Gunn. Pendant quelques secondes, le seul bruit qu'on entend dans la cabine est le ronronnement du moteur de l'hyperdrive. Le jeune Jedi, lui, ne tressaille même pas.

Gunn braque des yeux furieux sur le clone qui faisait des abdos. Le clone soutient son regard et répond :

— Désolé, capitaine Gunn. On s'entraînait.

L'hydrospanner toujours à la main, Gunn montre la pièce d'un geste large.

— Ça ressemble à une salle de gym ici ?

— Moi aussi, je suis désolé, capitaine, intervient le soldat qui se battait avec le droïde.

Il retire son casque blanc, révélant son visage identique à celui des autres soldats. Montrant le droïde commando à côté de lui, il poursuit :

— Sabre et moi, on n'avait pas l'intention d'être aussi bruyants. N'est-ce pas, Sabre?

Sabre hoche la tête.

— C'est vrai. On voulait juste s'entraîner à se fracasser le crâne.

Sabre a l'apparence du modèle standard des droïdes de combat des Séparatistes, mais, en fait, Pirate l'a reprogrammé en utilisant des éléments récupérés, entre autres, dans les circuits de comportement et de logique de Teejay, le droïde de navigation de Gunn.

Les deux autres clones sautent sur leurs pieds.

— Veuillez accepter nos excuses, capitaine. Si on ne s'entraîne pas régulièrement, on finit par devenir un peu nerveux.

— Oh, ça va, laissez tomber vos excuses ! Sans vous, je serais encore coincée sur Kynachi. C'est juste que lorsque j'ai accepté de vous aider à quitter ce bout de rocher, j'ignorai que le voyage durerait aussi longtemps ! On va être bloqués dans cette boîte encore une bonne semaine. Mais le temps passerait beaucoup plus vite si vous appreniez à vous détendre un peu.

Elle se tourne ensuite vers celui qui n'a encore rien dit.

— Quant à toi, Bavard, je suis déçue. Tu pourrais venir avec moi dans le cockpit profiter du spectacle de l'hyperespace et tu préfères rester ici avec tes amis pour faire des pompes. Franchement !

La remarque de Gunn déconcerte Bavard. Il jette un œil à ses camarades : eux aussi sont stupéfaits.

Avant que quelqu'un lui réponde, Gunn change de sujet :

— Pourquoi est-ce que le Jedi regarde le mur ? Il est puni ?

Sans se retourner, Nuru explique :

— Je médite.

Gunn éclate de rire.

— Tu médites ? Dis-moi, gamin, si tu arrives à méditer malgré tout le bruit que font ces gars, tu dois être sacrément bon.

— Il se tient là sans bouger depuis… une bonne heure maintenant, intervient Pirate.

Gunn oublie Nuru et annonce :

— On va quitter l'hyperespace dans un quart d'heure environ. On va juste faire une petite halte dans le secteur de Fakir, mais tout le monde devrait s'asseoir et mettre sa ceinture de sécurité.

Puis elle s'adresse à Bavard :

— Les routes dans l'hyperespace que nous a fournies le Chancelier pour les deux prochains sauts sont plutôt dangereuses. Au cas où tu ne t'en serais pas rendu compte, il manque un droïde de navigation à mon vaisseau. J'ai besoin d'une deuxième paire d'yeux pour lire les écrans de contrôle.

— Je serai heureux de vous aider, capitaine, intervient Aigle. J'ai de bons yeux. Notre ancien commandant m'avait surnommé Aigle parce que j'ai une très bonne vue.

— Jolie histoire, Aigle, mais ce n'est pas à toi que je parle, réplique Gunn sans cesser de fixer Bavard.

Elle lui fait même un clin d'œil !

— Je t'attends dans le cockpit.

Puis elle quitte la cabine.

Bavard observe la réaction des autres clones.

— J'ai raté quelque chose ? demande Aigle.

— Oh oui, dit Coup-de-Poing. Sur Kynachi, avant qu'on te délivre, le commandant Nuru a présenté Bavard à Gunn, et Gunn a dit qu'elle aimait les hommes qui savent se taire !

— Vraiment ?

Il se tourne vers le soldat silencieux.

— Bavard, tu fais exprès de ne pas parler pour que Gunn t'apprécie ?

Bavard secoue la tête.

— Eh bien, conclut Aigle, ce n'est clairement pas la faute de Bavard.

— Ben oui, c'est sûr, ajoute Coup-de-Poing. Je croyais que Gunn plaisantait quand elle disait à quel point elle appréciait Bavard, mais j'ai l'impression qu'elle est très sérieuse.

Pirate soupire.

— Ils ne nous ont pas appris à gérer ce genre de situations sur Kamino.

Aigle se caresse pensivement le menton.

— Je crois que je sais pourquoi Gunn apprécie *vraiment* Bavard.

Pirate, Coup-de-Poing et Bavard se tournent tous vers Aigle et demandent en chœur :

— Pourquoi ?

— C'est évident : parce qu'il est beaucoup plus beau que nous !

Les clones se regardent avant d'exploser de rire. Bavard lève les yeux au ciel. Les trois soldats sont encore en train de rire quand Sabre demande :

— C'est quoi « méditer »?

Les soldats regardent Sabre qui a tourné ses photorécepteurs vers le dos de Nuru. Et, avant que l'un d'entre eux puisse lui répondre, Nuru s'en charge :

— Méditer, c'est détendre son esprit et son corps. Pour détendre mon esprit, je ne pense à rien.

— Et cela vous aide à vaincre vos ennemis ? l'interroge Sabre.

— Oui. Et à aider mes alliés.

Sabre secoue la tête.

— Je ne comprends pas. Quand vous vous détournez de tout et de tous, que vous ne portez pas d'armes, n'êtes-vous pas plus vulnérable que jamais ?

— Le commandant Nuru a des capacités spéciales, Sabre, explique Pirate. C'est un Jedi. Il tire son pouvoir d'une énergie mystique que l'on appelle la Force.

— La Force ? répète Sabre.

Il secoue la tête à nouveau.

— C'est la première fois que j'en entends parler. J'ai tellement à apprendre…

— Excusez-moi, monsieur, intervient Pirate, mais je me demande si Sabre n'a pas raison… Je veux dire, à propos de votre vulnérabilité pendant la méditation. Par exemple, comment pourriez-vous empêcher un assassin de vous tirer dans le dos ?

— Si tu étais un assassin, Pirate, combien de temps te faudrait-il pour dégainer ?

Tout le monde attend sa réponse. Pirate continue à fixer l'arrière de la tête du Jedi.

— Excusez-moi encore, monsieur, mais… même avec la Force, je ne vois pas comment vous auriez une chance de vous en tirer.

— Je suppose qu'il n'y a qu'un seul moyen de le savoir, lâche Nuru. Je vais rester là, face au mur, pendant que tu règles ton arme sur le rayon paralysant. Par sécurité, je te conseille de remettre ton casque. Tire quand tu le sens.

Les photorécepteurs de Sabre passent de Nuru à Pirate.

— Monsieur, puis-je vous demander comment vous savez que Maître Pirate a retiré son casque puisque vous ne l'avez pas regardé ?

— Parce que, quand il porte son casque, sa voix sort par un micro, répond Nuru. Tout le monde peut entendre la différence.

— Oh, je dois être plus attentif, dit Sabre.

— Monsieur, dit Pirate, ignorant le droïde, vous n'êtes pas sérieux, n'est-ce pas ? Je ne vais quand même pas tirer sur vous ?

— Je suis très sérieux. Prends ça comme un test. Si tu parviens à me toucher, je serai juste sonné pendant quelques minutes. Dans le cas contraire, vous aurez tous appris une nouvelle leçon. Vas-y, Pirate, règle ton arme.

Ensuite, vise-moi et tire. Fais de ton mieux !

Pirate consulte ses camarades du regard.

— Je ne crois pas que ça soit une bonne idée, dit Aigle.

— Je ne le crois pas non plus, ajoute Coup-de-Poing, mais… quitte à apprendre une leçon, je préfère l'apprendre ici et maintenant, quand tout est sous contrôle.

Sabre est de plus en plus perdu.

— La méditation conduit-elle les gens à se tirer dessus à l'intérieur des vaisseaux ?

— Juste cette fois-ci, Sabre, dit Nuru. Pirate, je suis prêt, c'est quand tu veux.

— D'accord, monsieur, mais j'espère sincèrement que vous savez ce que vous faites !

Il remet son casque.

— Je sors mon arme, mais seulement pour la régler sur le rayon paralysant.

Il bouge sa main droite vers le holster fixé

sur le blindage de sa hanche droite. Après avoir réglé son arme, il éloigne la main de son holster. Sabre et les autres soldats reculent de quelques pas pour lui laisser de la place.

À travers la visière en T de son casque, Pirate regarde le dos de Nuru. Il fixe le petit bout de tunique entre les deux omoplates du jeune garçon. Nuru a les mains croisées derrière le dos. Tranquille. Pirate n'a pas besoin de lire les données qui s'affichent sur son viseur pour estimer la distance entre le jeune Jedi et lui : il n'y a pas trois mètres.

Il redescend la main droite vers son holster, hésite, puis… laisse retomber son bras. Il soupire.

— Je ne peux pas faire ça, monsieur. Tirer sur un Jedi va à l'encontre de tout le conditionnement que j'ai reçu sur Kamino.

— Parce que tu crois que tu vas me toucher, Pirate, mais souviens-toi : ce n'est qu'un test. Au pire, tu ne me paralyseras que quelques secondes. Fais-moi confiance !

— Je vous fais confiance, mais je ne *peux* pas faire ça... C'est mal.

— Et si je t'en donne l'ordre ?

Pirate secoue la tête.

— Je ne sais pas.

— Bien. Je t'ordonne de prendre ton arme et de me tirer dessus.

Le bras de Pirate bouge aussitôt. Sans une hésitation. Alors que les doigts de sa main droite vont se refermer sur son arme, Nuru, qui a senti le mouvement sans même se retourner, porte sa main à sa ceinture et dégaine le sabre laser qu'il a fabriqué.

Tandis que Pirate sort son arme de son holster, Nuru active le sien dont la lame de pure énergie jaillit, et se tourne pour affronter Pirate.

Pirate redresse son pistolet laser et appuie

sur la détente ; un éclair rouge part en direction de la poitrine de Nuru. Alors qu'il ne quitte pas Pirate des yeux, les poignets de Nuru pivotent si vite que c'est à peine visible. L'éclair percute la lame brandie par Nuru, rebondit vers Pirate et le touche au bras, juste sous son épaule gauche. Même si l'arme a été réglée au minimum, l'impact fait vaciller le clone et sa jambe gauche se dérobe sous lui. Il tire un autre coup avant de tomber sur son genou. La lame de Nuru balaie l'air une nouvelle fois et rabat le deuxième éclair vers le sol métallique pendant que le Jedi se jette en avant. Sans lâcher son sabre laser, il sort le deuxième, celui de son Maître, et fait sauter l'arme de la main de Pirate. Le clone, par pur réflexe, empoigne le bras du Jedi.

— Ça… ça va, monsieur ? demande Pirate, haletant.

— Je vais bien, Pirate, le rassure Nuru sur un ton étrangement neutre tandis qu'il rengaine son sabre laser. Si tu avais vraiment essayé de me tuer, je ne me serais pas contenté de prendre ton arme. Tu peux me lâcher le poignet, maintenant.

Ce n'est qu'à ce moment-là que Pirate se rend compte qu'il tient le poignet de Nuru. Il lâche prise. Aigle se rapproche de Coup-de-Poing et Bavard.

— J'ignorais que le commandant Nuru pouvait bouger aussi vite, marmonne-t-il.

— Je devrais peut-être me mettre à la méditation, s'interroge Sabre à voix haute.

Gunn surgit dans la cabine.

— Ne me dites pas que ce ne sont pas des coups de feu que je viens d'entendre ! hurle-t-elle.

Elle découvre le soldat casqué à genoux devant Nuru. Et que celui-ci tient l'arme à feu du soldat dans une main et un sabre laser dans l'autre. Gunn secoue la tête avec un air dégoûté.

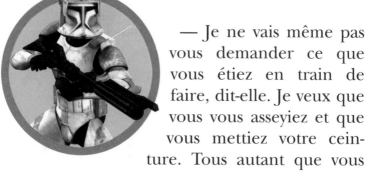

— Je ne vais même pas vous demander ce que vous étiez en train de faire, dit-elle. Je veux que vous vous asseyiez et que vous mettiez votre ceinture. Tous autant que vous êtes. Sauf *toi*, bien sûr.

Elle fait un pas vers les trois soldats debout dans un coin et en attrape un par le bras.

— Allons-y, Bavard. Tu viens dans le cockpit avec moi !

Et elle traîne le soldat estomaqué vers le tunnel.

Dès qu'ils sont sortis de la cabine, Sabre dit :

— À moins que ma mémoire à court terme ne soit défectueuse, je crois que le capitaine Gunn a confondu Aigle avec Bavard.

— Tu m'enlèves les mots de la bouche ! déclare Coup-de-Poing avant de se tourner vers Bavard, qui se trouve juste à côté de lui. Bavard, peut-être que cette fois-ci, tu aurais dû parler avant que Gunn n'emmène Aigle avec elle !

Bavard hausse les épaules.

Pirate, lui, est toujours à genoux sur le sol, face à Nuru. Le padawan lui tend son arme.

— Je suis désolé, dit Pirate.

— Il n'y a pas de quoi, répond Nuru en remettant son sabre laser à sa ceinture. C'est moi qui te dois des excuses. Je n'avais pas l'intention de te faire tomber sur ta jambe blessée. Laisse-moi t'aider à te relever.

— Merci, dit Pirate en posant sa main sur l'épaule du jeune garçon. Je suis heureux, continue-t-il en se relevant, d'avoir découvert que vous savez vous défendre, monsieur, mais… j'espère que vous ne me redonnerez plus jamais un ordre comme ça !

Il retire son casque et se frotte vigoureusement la tempe.

— Aller à l'encontre des principes fondamentaux de mon conditionnement me fait mal à la tête.

Juste à ce moment-là, des cris furieux s'échappent du cockpit.

— Oh, oh, s'exclame Coup-de-Poing. Il semblerait que le capitaine Gunn vient de se rendre compte de son erreur.

Quelques secondes plus tard, Aigle est de retour dans la cabine.

— J'ai essayé de m'identifier auprès du capitaine Gunn, déclare-t-il en regardant Bavard.

D'un geste du pouce, il lui indique le couloir qui mène au cockpit.

— Elle voudrait te dire un mot.

Bavard fronce les sourcils. Il consulte Nuru du regard.

— Il vaut mieux que tu y ailles et que tu écoutes ce qu'elle a à te dire. Je te rappelle que c'est *elle* la capitaine de ce vaisseau.

Bavard pousse un grand soupir, il s'engage dans le sas en murmurant :

— Le devoir m'appelle.

Nuru montre les sièges.

— On ferait mieux de mettre nos ceintures.

On ne va pas tarder à quitter l'hyperespace.

Coup-de-Poing, Aigle et Pirate s'installent sur le banc d'accélération, un banc rembourré avec un dossier recouvert d'un autre tissu. Sabre regarde les deux sièges restants, puis demande :

— Commandant Nuru, doit-on rester debout pour méditer ou peut-on s'asseoir ?

— Peu importe. Pourquoi ?

— Avec votre permission, commandant, je voudrais m'asseoir sur ce siège et le tourner vers le coin. Je voudrais essayer de méditer.

Nuru ignore si un droïde peut méditer, mais il répond poliment :

— Bien sûr, Sabre. Ce coin est à toi.

Alors qu'il s'assied, Sabre s'adresse une dernière fois à Nuru :

— Je n'ai jamais pensé à rien.

Nuru sourit.

— Prends ton temps.

CHAPITRE 3

L'arrivée

— Je crois que je ne médite pas correctement, monsieur.

Ça fait des jours que Sabre est assis dans la cabine principale du *Hasty Harpy* et qu'il n'a pas prononcé un mot. Sa voix surprend Nuru qui, à l'autre bout de la pièce, consulte une carte stellaire holographique avec Pirate. Le *Harpy*, une fois encore, voyage dans l'hyperespace : c'est la dernière étape avant les Terres Inconnues.

— J'ai fixé ce coin de la pièce cent quarante-six heures, onze minutes et trente-huit secondes, mais la matrice de mes circuits comportementaux n'a pas changé. Quand est-ce que je saurai que je suis détendu ?

— Je ne suis pas certain d'être qualifié pour te répondre, Sabre, dit Nuru.

Le jeune Jedi ignore Coup-de-Poing et Aigle qui sont en train de faire un bras de fer.

— En fait, pour être honnête, je ne sais même pas si les droïdes *peuvent* méditer.

— Oh.

Percevant la déception dans la voix du droïde, Nuru ajoute :

— Pourtant, tu avais *vraiment* l'air de méditer, Sabre. Tu n'as même pas tressailli quand Pirate a entré toutes les données du Chancelier sur les langues Chiss dans ta mémoire linguistique.

— Ah bon, Pirate a fait ça ? Je ne savais même pas que j'avais une mémoire des langues !

— Pour ce que ça vaut, poursuit Nuru, je ne connais aucun Jedi qui soit resté aussi longtemps assis sans bouger.

Sabre se redresse sur son siège et plie ses bras en métal.

— En fait, je crois que mes articulations se sont un peu décontractées. Peut-être que je n'ai pas perdu mon temps.

— Ha ! s'exclame Coup-de-Poing en rabattant violemment le bras d'Aigle sur la table. Ça fait 517 à 483 ! Attends que je raconte ça à Bavard !

— Il faudra que tu attendes que le capitaine Gunn le relève de son poste, lui rappelle Aigle pendant qu'il libère sa main de celle de Coup-de-Poing. Et si on essayait avec la main gauche pour changer ?

— En fait, intervient Nuru sans lever les yeux de la carte stellaire, vous devriez reporter la prochaine manche. Si les cartes fournies par le cabinet du Chancelier sont correctes, nous devrions arriver dans l'orbite de Csilla dans cinquante-deux minutes.

L'entraînement qu'ils ont suivi ainsi que le conditionnement qu'ils ont subi ont préparé Nuru et les clones à supporter de longs voyages dans un espace confiné. Cependant, après avoir passé autant de journées à bord du *Hasty Harpy* à dormir à tour de rôle parce qu'il n'y a que trois couchettes sur le vaisseau, ils sont tous impatients de le quitter.

Nuru se concentre à nouveau sur la carte stellaire : il réexamine leur trajectoire à travers et au-delà de la galaxie. Après avoir quitté Kynachi, ils ont rejoint la Route Entralla, l'ont empruntée jusqu'à Ord Mantell où ils ont fait le plein de carburant et de provisions. Ils ont continué en passant par Celanon Spur et Vicondor, descendu le Couloir Namadii jusqu'à Dorin, la planète natale de Kel Dor. Des routes de l'hyperespace que Lalo Gunn connaissait déjà. La perte de son droïde de navigation, Teejay, n'a pas eu l'air de lui faire trop de peine. En fait, former Bavard pour l'aider à piloter avait même semblé lui plaire !

Toujours en utilisant les coordonnées fournies par le Chancelier Palpatine, ils avaient ensuite atteint les secteurs Mondress et Alabanin avant d'entrer dans les Terres Inconnues. Encore six jours de voyage et, si les coordonnées du Chancelier étaient exactes, ils pénétreraient dans l'espace Chiss.

— Je suppose que vous êtes très excité à l'idée de voir Csilla, dit Pirate en se tournant vers Nuru.

Le Jedi ne répond pas, il fixe la carte stellaire holographique.

— Ça ne va pas ?

Les yeux rouges de Nuru clignent, se posent sur Pirate un court instant avant de revenir à la carte.

— Je regrette que l'enseignement que j'ai

reçu au Temple Jedi ne m'ait pas mieux préparé à cette mission.

Coup-de-Poing et Aigle sursautent en entendant cette remarque.

— Quoi ? s'exclame Coup-de-Poing. Vous, monsieur ? Pas préparé ? Comment pouvez-vous dire ça après vos exploits sur Kynachi ?

— Vous avez libéré Kynachi de ces horribles droïdes ! ajoute Aigle. N'y vois rien de personnel, Sabre !

— Je ne le prends pas pour moi, répond le droïde de combat.

— Coup-de-Poing et Aigle ont raison, monsieur, insiste Pirate. Vous ne vous rendez probablement pas compte à quel point votre enseignement vous a bien préparé.

— Savoir se battre, c'est une chose, mais mener à bien une mission diplomatique sur Csilla ? C'est complètement différent.

— Le Chancelier Palpatine et Maître Yoda ne vous auraient jamais envoyé sur Csilla s'ils ne pensaient pas que vous étiez prêt.

— Tu ne comprends pas, Pirate, dit Nuru

en secouant la tête. Je n'ai jamais rencontré un autre Chiss. Jamais ! Je n'aime pas le reconnaître, mais… Eh bien, je suis un peu nerveux.

— Parce que vous ne comprenez toujours pas leurs langues ? demande Aigle.

— Merci de me le rappeler. Je suis censé rencontrer un diplomate dont je suis à peine capable de prononcer le nom.

Il fait une pause et reprend lentement :

— Sev'eere'nururodo.

— Inutile de vous inquiéter, monsieur, affirme Pirate, Sabre devrait pouvoir vous servir d'interprète.

— Vraiment ? s'étonne le robot.

— Mais tu n'as rien écouté ! s'exclame Pirate en se tournant vers le droïde. On a entré dans ta mémoire linguistique toutes les données sur les langues Chiss ! Donc, bien sûr que tu peux servir d'interprète à Nuru !

Allez, vas-y, dis-nous un truc en Cheunh, comme… Je ne sais pas, moi… « Merci pour votre hospitalité. »

Une flopée de mots étrangers sort du vocabulateur de Sabre. Après quoi, il regarde Nuru et dit :

— Je n'ai pas trouvé l'équivalent exact du mot *hospitalité* en Cheunh, j'ai donc choisi de traduire *accueil courtois et amical.* Cela vous convient-il ?

— Je n'en ai pas la moindre idée ! Mais ce n'est pas le problème de la langue qui me rend nerveux. C'est… c'est que je ne sais pas comment je vais réagir quand je vais rencontrer un Chiss pour la première fois. Sur Coruscant, j'avais fini par accepter et même apprécier le fait que j'étais… unique. Et que je ne rencontrerais jamais quelqu'un d'autre comme moi. Du coup, j'ai du mal à imaginer que je vais me retrouver au milieu de mes semblables !

— Si seulement, les gars et moi, on avait ce genre de problème ! glousse Coup-de-Poing en faisant un geste en direction d'Aigle et de Pirate.

— Désolé, vous devez me trouver un peu ridicule.

— Pas du tout, dit Coup-de-Poing. Mais je continue à penser que vous n'avez aucune raison de vous sentir nerveux à l'idée de rencontrer un autre Chiss.

— Ah bon ! Et pourquoi ?

— Parce que vous êtes Nuru Kungurama. Un Jedi. Et personne, dans tout le système Chiss, ne *vous* a jamais rencontré.

— Bien dit, Coup-de-Poing, approuve Aigle.

— Vous n'avez pas besoin de vous inquiéter, déclare Sabre en posant la main sur l'épaule de Nuru. Tout ira bien.

— Où est Csilla ? demande Nuru.

Il est dans le cockpit, assis sur le strapontin derrière les sièges de Lalo Gunn et Bavard. Le *Harpy* vient de sortir de l'hyperespace et le cockpit YT 1760 offre une vision panoramique exceptionnelle ! En se basant sur les coordonnées fournies par le Chancelier Palpatine, Nuru s'attend à voir la planète Csilla, un large monde pris dans la glace. Mais tout ce qu'il voit, à travers le pare-brise en trans-acier, c'est une vaste étendue étoilée.

— Pas de planète en vue sur les écrans, note Gunn. Et l'étoile la plus proche est à trois années-lumière. Bavard, tu as bien vérifié trois fois l'ordinateur de navigation avant le dernier saut ?

Bavard hoche la tête.

— Qu'est-ce qui se passe ? s'informe Nuru.

— Notre position est correcte, répond Gunn, mais… Pas de Csilla en vue.

— Comment ça, pas de Csilla ? Où est-elle ?

— C'est ce que j'essaie de te dire, gamin. Elle n'est pas là. Elle…

— Regardez ! l'interrompt Nuru.

Il étend le bras et désigne un point sur l'écran devant Bavard.

— Il y a quelque chose, là !

Gunn et Bavard regardent ce que Nuru leur montre : une forme noire, une ombre triangulaire au milieu des étoiles. Gunn consulte ses écrans de contrôle.

— Ça pourrait être un vaisseau ou une station, je ne sais pas. Mes détecteurs n'interceptent aucun signal.

Elle exécute quelques réglages.

— Peut-être que ça utilise un brouillage de détecteurs. Mes appareils n'arrivent pas à déterminer à quelle distance cela se trouve. En fait, ils ne peuvent même pas déterminer sa taille.

Soudain, le voyant d'alerte de la console de contrôle se met à clignoter.

— On est en train de nous scanner.

La forme noire pivote très légèrement et l'un de ses côtés se met à gonfler.

Une seconde plus tard, des lumières tremblotent à sa surface, révélant sa forme arrondie. Ce n'est pas un triangle, mais un cône. Un cône qui pivote jusqu'à se retrouver la pointe en bas. Du point de vue du *Harpy*, en tout cas.

Un autre voyant clignote sur la console. Celui du canal de communication. Une voix synthétique étrangement neutre résonne dans le cockpit.

— *Les Forces de Défense Chiss de la station Ipfe à vaisseau non identifié. Veuillez exposer la raison de votre présence.*

Gunn se retourne vers Nuru.

— Je suis Nuru Kungurama de l'Ordre des Jedi, déclare-t-il. Le Chancelier Palpatine de la République Galactique m'envoie ici à la requête d'un ambassadeur de l'Empire Chiss, l'Aristocra Sev'eere'nuruodo.

Après un court silence, la voix synthétique reprend :

— Éteignez vos moteurs et désactivez votre armement. Attendez la procédure d'amarrage.

— J'ai connu des accueils plus chaleureux, marmonne Gunn.

— J'ai un mauvais pressentiment, dit le clone.

— Qui t'a demandé *ton* avis ? ironise Gunn en lui donnant un petit coup de poing dans l'épaule.

— Je suis surpris que la voix de cette station parle le Basique. D'après les données que j'ai consultées, je croyais que Chiss était tellement isolée qu'aucune langue de l'espace de la République n'y était pratiquée.

— Merci pour la leçon d'Histoire, se moque Gunn. Et on fait quoi, maintenant ?

Nuru réfléchit intensément. Il est perturbé par le fait que leur sortie de l'hyperespace ne les ait pas amenés à Csilla. Finalement il ordonne :

— Suivez leurs instructions. Éteignez les moteurs, désarmez le vaisseau. Et gardons à l'esprit que nous sommes des invités, même si nous ne sommes pas arrivés là où on pensait.

— C'est toi le patron !

Pendant que Gunn et Bavard appuient sur des boutons, en tournent d'autres, Nuru ne quitte pas la station conique des yeux.

Les moteurs du *Harpy* éteints, le vaisseau commence à dériver.

Quelques instants plus tard, le *Harpy* est attiré vers la station spatiale Chiss.

— Rayon tracteur ? suppose Nuru.

— Ouais, rétorque Gunn en se renfrognant.

Tandis que le rayon tracteur invisible tire le *Harpy*, Gunn, Nuru et Bavard réalisent que la station est beaucoup plus grande qu'elle n'en avait l'air. Gunn examine à nouveau les écrans de contrôle.

— Les scanners ne relèvent toujours rien, mais, à vue de nez, je dirais que cette station fait plus d'un kilomètre de haut.

Soudain une large porte triangulaire s'ouvre sur le côté de la station et le *Harpy* glisse doucement à l'intérieur d'un hangar faiblement éclairé. L'aire d'atterrissage ovale donne sur un mur vert pâle, sans fenêtre. Pendant que le rayon tracteur lâche le *Harpy*, la porte triangulaire se referme.

Les écrans de contrôle du *Harpy* se mettent à crépiter, à la grande surprise de Gunn et Bavard.

— Waouh ! s'exclame Gunn. Nos détecteurs décèlent une forte présence d'énergie inconnue.

Elle se concentre sur les données qui s'affichent.

— Je ne comprends pas un dixième de ce que je vois, mais, *a priori*, l'atmosphère de ce quai est respirable.

— Prévenons les autres, dit Nuru en quittant le cockpit.

La rampe d'accès du *Harpy* se déplie. Nuru

sort le premier, suivi de Sabre, des quatre clones et de Gunn. Les quatre soldats en armure portent leurs fusils d'assaut blaster à l'épaule. Une fois sur le quai, Gunn s'arrête.

— Personne pour nous accueillir ? s'étonne-t-elle après un regard circulaire. Le Chancelier vous a parlé d'un accueil aussi froid ?

— Patience, rétorque le jeune Jedi en observant le mur vert pâle. Ils sont probablement encore en train de nous scanner.

Un trait de lumière orange surgit alors au pied du mur. La lumière s'intensifie et dessine une porte dans le mur vert pâle. Une silhouette humanoïde apparaît dans l'embrasure, avant d'avancer dans le hangar.

Pour la première fois de sa vie, Nuru se retrouve face à un autre Chiss. Comme Nuru, le Chiss a la peau bleue, les yeux rouges et des chevéux noirs et brillants. Il porte un uniforme noir impeccable avec des insignes orange sur le col.

Nuru n'a pas imaginé un seul instant que, lors de son premier contact avec ses semblables, il se retrouverait en face d'une seule personne : il pensait rencontrer un groupe. Il est déstabilisé. D'autant plus que, malgré son éducation qui lui a appris à rester objectif, à ne pas se fier à ses premières impressions, à attendre avant de porter un jugement sur qui que ce soit, il pense immédiatement… *Elle est belle.*

La femelle Chiss s'éloigne de la porte de lumière et se campe juste devant Nuru. Elle est légèrement plus grande que lui, mais cela ne l'empêche pas de le toiser en relevant le menton.

Le Jedi plante son regard dans les yeux rouges de la jeune fille. Sa peau est complètement lisse : elle doit être à peine plus âgée que lui. L'expression de son visage est si neutre qu'il n'y devine aucune émotion.

Nuru reste muet : il tente désespérément de se rappeler les salutations en Cheunh qu'il a apprises par cœur. En vain ! Du coup, il s'incline pour la saluer.

La jeune fille réagit en écarquillant les yeux et recule prudemment d'un pas.

Nuru se rend compte que ce qu'il considère comme un geste de courtoisie peut, pour un Chiss, être tout à fait déplacé. Craignant d'avoir effrayé, ou, pire, insulté la jeune fille, il se souvient brusquement de la phrase qu'il a répétée.

— *Pavl'cha sertketch Jedi lommeeth'reee*, dit-il en essayant de ne pas se mordre la langue. *Nuru Kungurama agad nac'shu Republic depost-chu'ukak tah Palpatine Pavl'ch ferch'sti'onmell Aristocra Sev'eere'nuruodo.*

— Vous vous appelez… Nuru Kungurama ?

Nuru est surpris d'entendre la jeune fille parler un Basique sans accent. Il sourit et dit oui. La jeune fille soutient son regard sans parler.

— Euh… Je… je suis là pour rencontrer l'Aristocra Sev'eere'nuduodo.

— Je suis l'Aristocra Sev'eere'nuruodo.

— Oh !

En l'entendant dire son nom, Nuru réalise qu'il l'a mal prononcé.

— Je…

Sur le point de dire qu'il s'attendait à quelqu'un de plus âgé, il s'interrompt.

— Je, euh, j'ignorais que vous parliez le Basique. Et j'espère que vous ne m'en voulez pas de… Je veux dire, j'espère que vous me pardonnerez d'avoir mal prononcé votre nom. J'ai bien peur de… de ne pas être très doué pour les langues.

Gunn est toujours au pied de son vaisseau. Elle échange rapidement un regard entendu avec Bavard, puis reporte toute son attention sur Nuru et la jeune Chiss.

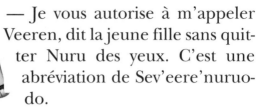

— Je vous autorise à m'appeler Veeren, dit la jeune fille sans quitter Nuru des yeux. C'est une abréviation de Sev'eere'nuruo-do.

— Merci, Veeren. Vous pouvez m'appeler Nuru.

La jeune fille tressaille.

—Je… je vais y réfléchir.

Une fois de plus, Nuru a l'impression d'avoir offensé la jeune fille. Il se force à se concentrer sur sa mission et poursuit :

—Veeren, je suis perplexe. Le chef de mon gouvernement, le Chancelier Suprême Palpatine, nous a fourni des coordonnées de navigation qui devaient, selon lui, nous amener directement à Csilla. Et nous sommes à des années-lumière de l'étoile la plus proche !

— Votre leader vous a leurré.

— Pourquoi ferait-il ça ?

—Je ne dis pas qu'il l'a fait exprès, réplique froidement Veeren. Je dis juste qu'il vous a leurré. J'ai été très claire lorsque j'ai pris contact avec lui : je voulais rencontrer un émissaire de la République. Je lui ai indiqué la route dans l'hyperespace que devrait emprunter l'un de vos vaisseaux pour arriver jusqu'à cette station. Si votre Chancelier en a déduit que c'était la route pour Csilla, il s'est trompé.

Les pouvoirs qu'il tire de la Force confirment à Nuru que Veeren ne cherche pas à le berner.

Le mur courbe glisse lentement sur le côté, révélant une paroi transparente. Derrière, une pièce nue au milieu de laquelle trônent deux cônes qui rappellent la forme de la station spatiale. Flottant à quelques centimètres au-dessus du sol, les cônes tournent doucement sur eux-mêmes, ce qui permet à Nuru de découvrir que ce sont en réalité des sièges.

— Vous et moi, nous allons passer dans la salle de conférences. Vos compagnons vont rester ici. Ils ne pourront pas nous entendre, mais ils pourront nous surveiller à travers cette baie vitrée.

Nuru jette un coup d'œil à Gunn et aux soldats, puis répond :

— Oui, bien sûr, j'ai hâte de parler avec vous, mais notre voyage a été très long. Serait-il possible que l'on offre à mes amis… ?

— Oui ? Offrir quoi ? demande Veeren dont l'expression reste impassible.

— À boire et à manger ?

Veeren hésite un instant.

— Qu'est-ce que je dois comprendre ? Que vous avez voyagé sans boisson ni nourriture ? Ou que vous vous attendiez à ce que je vous fournisse boissons et nourriture ?

— Euh, pas forcément vous personnelle-ment, dit Nuru, très embarrassé. Veuillez m'excuser, Veeren, j'ignore tout de l'étiquette Chiss, je ne cherchais pas à vous insulter.

— Aucune importance, notre réunion ne va pas durer très longtemps, de toute façon.

Nuru se rend compte que le fait que lui et ses compagnons puissent avoir faim ou soif ne semble pas du tout préoccuper Vee-ren. Est-elle délibérément grossière ou son attitude est-elle typique des Chiss ? Dans le doute, Nuru décide de la suivre dans la salle de conférences quand quelqu'un derrière lui s'éclaircit la gorge. C'est Pirate.

Nuru et Veeren s'arrêtent net et se retournent vers le soldat.

— Oui, Pirate?

— Désolé, monsieur, mais Sabre devrait vous accompagner à l'intérieur. Il est votre interprète et pourra être très utile en cas de malentendu entre l'Aristocra et vous.

Nuru scrute le visage de Pirate, celui de Sabre, puis à nouveau celui de Pirate. Le Jedi sent bien que ses hommes pensent tous la même chose : c'est une très mauvaise idée qu'il se sépare d'eux. Nuru, lui, ne sent aucune menace planer, mais il ne peut pas négliger l'inquiétude de ses compagnons.

Ils ont pour mission de le protéger et être séparés de lui, même par une baie vitrée, va compliquer leur travail. Voilà pourquoi ils veulent que Sabre le suive. Pas tant pour lui servir d'interprète que de garde du corps.

Nuru se retourne vers Veeren qui ne l'a pas quitté des yeux.

— Oui, bien sûr. Mon interprète doit se joindre à nous.

Le droïde de combat rejoint Nuru en quelques pas. Les yeux toujours fixés sur le jeune Jedi, Veeren lance une phrase en Cheunh. Elle a parlé à toute vitesse et Sabre lui répond du tac au tac. Nuru n'a saisi qu'un mot : « *crashystor* », « commandant » en Cheunh.

Les yeux rouges de Veeren quittent un instant Nuru pour jauger Sabre.

— Votre interprète peut se joindre à nous.

Nuru s'adresse au droïde :

— Vous avez parlé si vite tous les deux que je n'ai rien compris.

— En gros, l'Aristocra m'a demandé si mon commandant était digne de confiance. Et, en gros, je lui ai répondu que vous étiez le Chiss le plus fiable que j'avais rencontré.

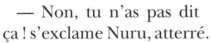

— Non, tu n'as pas dit ça ! s'exclame Nuru, atterré.

— Ce sont les mots que j'ai employés. Je les ai prononcés correctement ? demande Sabre à Veeren.

— Oui.

— Aristocra, dit Nuru en secouant la tête. Je suis désolé que vous ayez pu croire que mon traducteur vous pense moins fiable que moi.

— Vous ne devriez pas être désolé. La réponse de votre traducteur mécanique a été immédiate et techniquement exacte. Il a raison : il n'a aucune raison de me faire confiance. Et s'il avait discouru sur votre honneur, je me serais méfiée, j'aurais pensé qu'on l'avait programmé pour vous présenter sous votre meilleur jour…

— Oh… Évidemment, je ne voudrais pas que vous pensiez ça.

Veeren entre dans la salle de conférences. Nuru et Sabre la suivent et la porte se referme derrière eux. À droite de la porte, la baie vitrée reste transparente, ce qui permet à ceux qui se trouvent dans le hangar de voir Veeren et Nuru s'asseoir dans les fauteuils coniques. Sabre se tient debout, à côté du Jedi.

— Bon, je suppose, marmonne Coup-de-poing, que nous savons maintenant que Sabre avait raison tout à l'heure. Il n'existe pas de mot en Cheunh pour « hospitalité ».

— N'oubliez pas, les gars, dit Pirate, des gens différents, des coutumes différentes. Pour autant que nous le sachions, cette fille est peut-être très bien élevée selon les critères Chiss.

— Peut-être, rétorque Aigle, mais je n'aime pas la façon dont cette Aristocra s'adresse à Maître Nuru. Elle est… irrespectueuse.

Lalo Gunn n'a pas bougé : elle observe attentivement ses deux jeunes interlocuteurs.

— Si vous voulez mon avis, cette fille Chiss a conquis Nuru. Notre ami Jedi n'aime peut-être pas ses manières, mais il a très envie de l'aimer, elle ! La façon dont il la regarde, dont il bégaie, c'est absolument évident ! Bavard l'a remarqué lui aussi.

— Vraiment ? s'exclament Pirate, Aigle et Coup-de-Poing en chœur.

Bavard hoche la tête.

Dans la salle de conférences, Nuru est assis face à Veeren.

— Quelqu'un d'autre doit se joindre à nous ?

— Non, répond Veeren d'un ton ferme.

— Oh.

Il jette un regard rapide à Sabre, debout près de lui.

— C'est que… Eh bien, je m'attendais à rencontrer plusieurs Chiss. Probablement parce que je sens d'autres présences dans cette station spatiale… Ils nous observent ?

Veeren ne répond pas tout de suite.

— Une équipe de sécurité surveille cette pièce. Et le hangar. Expliquez-moi, selon vous, le but de cette réunion.

— D'accord, dit Nuru, mal à l'aise dans son siège plutôt inconfortable. Le Chancelier Palpatine m'a informé qu'un ambassadeur de l'Empire Chiss l'avait contacté pour lui demander d'envoyer un émissaire de l'Ordre Jedi. Le Chancelier espère que notre rencontre va marquer le début de relations diplomatiques entre nos gouvernements. Il m'a confié cette mission parce qu'il a cru que cela pourrait vous faire plaisir de rencontrer un Jedi Chiss.

— Me faire plaisir ? répète Veeren. Votre Chancelier a de drôles d'idées !

Nuru est perplexe.

— Vous… vous êtes déçue ?

— Le plaisir n'a rien à faire sur la station Ipfe.

— Je suis désolé, je ne m'exprime pas clairement ! À mon avis, le Chancelier, en me choisissant, voulait prouver que la République connaît et accepte les Chiss. Vous auriez préféré un autre Jedi ?

Veeren dévisage Nuru.

— Je comprends votre langue, mais je ne comprends pas pourquoi vous posez des questions qui démontrent à quel point vous êtes ignare.

— Je pose des questions pour justement ne pas rester ignorant, se justifie Nuru, sidéré.

— Vos méthodes diplomatiques sont très étranges, commente Veeren. Cela vous dérange si je vous pose quelques questions ?

— Non, pas du tout.

— Que savez-vous de votre héritage ?

— De mon héritage ? répète Nuru, surpris par la question. Je… je suis un Jedi. J'ai grandi dans le Temple Jedi sur Coruscant.

— Et comment êtes-vous arrivé dans ce Temple Jedi ?

— Un Jedi a découvert une navette de secours qui dérivait dans les Bordures Extérieures. Dans cette navette, il n'y avait qu'un seul occupant : un bébé. C'était moi.

— Pourquoi portez-vous le nom de *Nuru Kungurama* ?

En prononçant ce nom, sa lèvre supérieure se relève dans une moue de mépris.

— D'après le Jedi qui m'a trouvé, un cylindre de données m'identifiait sous ce nom.

— Quelle est la force de feu de la flotte de votre République ?

— Quoi ? dit Nuru complètement désorienté par ce changement de sujet. Je… je ne pense pas avoir le droit de vous donner cette information.

— Vous devriez être plus prudent sur toute information, rétorque Veeren.

Nuru est de plus en plus perdu : il a l'impression de ne jamais dire ce qu'il faut. Il se tourne vers Sabre qui est resté silencieux.

— Je suppose que tu n'as pas d'infos sur le protocole Chiss dans ton logiciel.

— Non, répond Sabre, mais si vous avez besoin d'une traduction, je suis là.

— Merci.

Nuru tente de se reprendre.

— Avec tout le respect que je vous dois, Aristocra, je pense que ce rendez-vous serait beaucoup plus productif si vous m'expliquiez pourquoi vous avez demandé à l'Ordre des Jedi de vous envoyer un des leurs.

— Sans problème. Les Forces de Défense Chiss possèdent un réseau de renseignements dans votre galaxie. Nous savons qu'une guerre civile fait rage entre la République et les Séparatistes et que de nombreux Jedi font partie du Haut Commandement de l'armée de la République. Il y a vingt jours, un petit groupe de vaisseaux spatiaux non identifiés a été aperçu près de nos frontières. Je suis obligée de…

Nuru se penche vers elle.

— Excusez-moi de vous interrompre. J'aurais dû vous le dire plus tôt… Lorsque le Chancelier Palpatine m'a confié cette mission, il m'a dit qu'il soupçonnait les Séparatistes d'avoir des espions dans l'espace Chiss. C'est la raison pour laquelle il m'a envoyé, en mission secrète, auprès de vous. Je suppose que la petite flotte non identifiée dont vous parlez est Séparatiste.

Veeren le fixe un instant avant de reprendre comme s'il ne l'avait pas interrompue :

— Je tiens donc à prévenir l'Ordre des Jedi que nos Forces de Défense ont augmenté les patrouilles de frontière. Nous ne tolérerons aucune violation de notre espace.

Nuru attend la suite. Mais visiblement, Vee-ren a fini.

— Je ne comprends pas. Êtes-vous en train d'insinuer que ces vaisseaux pourraient être… des vaisseaux transportant des Jedi ?

— Je n'insinue rien du tout. Je vous *dis* juste que nous ne tolérerons aucune violation de l'espace Chiss.

Nuru lève les sourcils d'un air interrogatif.

— Cela vaut pour nous, comme pour les Séparatistes ?

— Exactement. L'Empire Chiss se fiche de votre guerre. Alors, si vous avez cru une seule seconde nous entraîner dans votre conflit, oubliez ! Ça n'arrivera pas ! Cela vaut aussi pour les Séparatistes. Et maintenant, vous pouvez repartir.

Nuru est abasourdi. Il a du mal à croire qu'il a traversé une partie de l'univers avec son équipe juste pour se faire congédier par l'ambassadrice Chiss. Il se rend compte aussi qu'il avait placé beaucoup d'espoir dans cette rencontre : il pensait en apprendre plus sur sa planète natale et ses congénères. Il est très déçu.

Je n'étais pas vraiment prêt pour cette mission.

Mais il se souvient aussitôt qu'il est un Jedi.

Une profonde inspiration pour se calmer, puis il se lève de son siège.

— Merci pour votre temps, Aristocra Sev'ee-re'nuruodo, je transmettrai votre message au Chancelier Palpatine dès que…

Une explosion étouffée l'interrompt. Veeren tourne la tête sur le côté et interroge :

— Situation ?

Une voix synthétique sort d'un haut-parleur caché dans le siège de la jeune fille.

— *Violation de notre espace.*

Nuru et Sabre se tournent vers la baie vitrée : leurs compagnons sont toujours sur le quai, près du *Hasty Harpy*. Les quatre soldats ont, eux aussi, entendu l'explosion et ils ont déjà leurs fusils blaster à la main.

D'autres explosions retentissent. Derrière le fauteuil de Veeren, apparaît un écran géant. Le fauteuil pivote sur lui-même afin de permettre à la jeune fille de regarder le Chiss en uniforme noir qui vient d'apparaître à l'écran.

— On nous attaque, Aristocra, déclare l'officier. Une armada vient de surgir de l'hyperespace !

— Montrez-moi les images, ordonne Veeren.

L'image de l'officier Chiss s'efface pour laisser place à la vision d'une bonne douzaine de vaisseaux de guerre et d'innombrables chasseurs Vautours qui grouillent autour de la station spatiale.

— Les Séparatistes ! s'exclame Nuru.

Il repère un Metalhorn au milieu de la flotte. Il se souvient qu'Umbrag, le contremaître de l'Union Techno, possède le même.

La station est violemment secouée par le bombardement.

— Ils ne nous ont pas trouvés par hasard, dit Veeren sans quitter l'écran des yeux.

Elle se tourne vers Nuru.

— Quelqu'un les a conduits ici.

Nuru est stupéfait par les accusations de Veeren. Avant qu'il ne puisse répondre, une nouvelle secousse extrêmement violente secoue la station spatiale, immédiatement suivie d'un bourdonnement électrique inquiétant. La force de la déflagration a envoyé Sabre contre le mur et éjecté Veeren de son siège, qui se met à tourner en l'air comme une toupie. Nuru s'arc-boute sur ses jambes et attrape Veeren au vol. Il tourne la tête juste

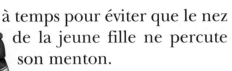

à temps pour éviter que le nez de la jeune fille ne percute son menton.

— Lâchez-moi ! s'écrie Veeren en se libérant de l'étreinte de Nuru.

Elle s'avance en trébuchant vers l'écran. Mais avant qu'elle ne l'atteigne, l'écran émet un crépitement et s'éteint.

À peine un quart de seconde plus tard, la salle de conférences et le hangar se retrouvent plongés dans le noir.

Sur le quai, les soldats ont allumé les lampes frontales dont sont équipés leurs casques. Aigle et Bavard, sans quitter leur position, utilisent les leurs pour examiner ce qui les entoure pendant que Pirate et Coup-de-Poing se précipitent vers la porte de la salle de conférences.

L'éclairage de secours se met en route en

tremblotant et l'écran se rallume. Veeren se plante devant et exige :

— Le point sur la situation !

L'écran s'éteint et se rallume. Trois fois. Puis s'éteint une fois encore en même temps que l'éclairage de secours.

Coup-de-Poing et Pirate arrivent dans la pièce en courant. Leurs lampes frontales sont dirigées sur Sabre qui titube près de Nuru.

— Qui nous a touchés ? demande Coup-de-Poing.

— Un vaisseau de guerre Séparatiste ! répond Nuru.

— Le point ! Le point sur la situation ! répète Veeren.

L'écran se remet à grésiller. Pirate remarque que l'écran est trop lumineux. Il ne connaît rien à la technologie, mais ça ne l'empêche pas de comprendre d'instinct que le réseau d'énergie de la station est en surcharge. Il sait qu'il a juste le temps de prévenir les autres.

— À terre ! crie-t-il en se jetant entre Veeren et l'écran.

L'écran explose alors que le clone est encore en l'air. Mais il a pu prendre la jeune fille dans ses bras, et son armure lui permet d'absorber la plus grande partie du choc.

Pirate retombe sur le flanc droit. Il grogne de douleur sous le choc, mais ne desserre pas son étreinte. Il garde Veeren serrée contre lui et protège la nuque de la jeune fille de sa main gauche tandis qu'ils roulent jusqu'au mur.

La fumée qui s'échappe de l'écran remplit la pièce. Coup-de-Poing dirige le faisceau de sa lampe sur Pirate et Veeren gisant par terre. Nuru se précipite.

— Ça va, vous deux ?

— Je me suis jamais senti mieux, marmonne Pirate en se dégageant doucement de son étreinte avec Veeren.

Mais quand il retire sa main gantée de noir

de sous la tête de la jeune fille, celle-ci heurte lourdement le sol.

L'estomac de Nuru se noue. Il pose la main sur le cou de Veeren et pousse un soupir de soulagement en sentant son pouls.

— Elle est vivante !

La fumée continue de remplir la pièce.

— Il faut que nous sortions d'ici. Maintenant ! ordonne-t-il.

Coup-de-Poing prend Veeren dans ses bras tandis que Sabre et Nuru aident Pirate à se relever. Ils sortent à toute vitesse et retrouvent Aigle et Bavard qui les attendent sur le quai.

— Qui nous attaque ? demande Aigle.

— Les Séparatistes, répond le Jedi.

Un craquement sinistre se fait entendre au-dessus d'eux. Le plafond en béton est en train de céder.

— Où est Gunn ?

— À l'intérieur, dit Aigle pendant que Bavard montre le *Hasty Harpy* du pouce. Allons-y !

Aigle s'assure que tout le monde est monté à bord avant d'emprunter la rampe d'accès à son tour. Les moteurs du *Hasty Harpy* se mettent à rugir.

— Occupez-vous de l'Aristocra, crie Nuru sans arrêter sa course.

Le bruit des moteurs devient assourdissant. Nuru se précipite dans le cockpit.

— Gunn, c'est une attaque de…

— Tout le monde est à bord ? l'interrompt Gunn.

— Oui, mais…

— C'est pas le moment des « mais », gamin, rétorque Gunn en actionnant différents boutons de la console. C'est le moment de filer !

Elle appuie sur un bouton et le canon laser de l'*Hasty Harpy* ouvre le feu sur la porte fermée du quai d'arrimage. Le *Harpy* s'élève au-dessus de l'aire d'atterrissage et se dirige vers la brèche faite par le canon laser. Gunn modifie ses réglages et tire à nouveau pour agrandir le trou.

— Gunn ! s'écrie Nuru en s'agrippant au

dos du siège de Gunn. Il y a toute
une flotte Séparatiste dehors !

— Dommage pour eux !

Elle prend les manettes de pi-
lotage et le *Harpy* passe à travers
le trou béant. Le *Harpy* vient à
peine de quitter le hangar que
le plafond s'effondre. Un nuage
de poussière se forme derrière le
vaisseau.

Les chasseurs Vautours sont par-
tout. Deux chasseurs percutent les
boucliers d'énergie du *Harpy*. Le
cargo Corellian vacille sous le choc. Gunn
hurle dans l'interphone :

— Bavard ! Dans le cockpit ! Tout de suite !

Le *Harpy* plonge en piqué pour s'éloigner
de la station spatiale et accélère. Derrière le
pare-brise du cockpit, Nuru repère le Metalhorn au milieu des autres vaisseaux Séparatistes, puis aperçoit des douzaines de petits
vaisseaux cylindriques qui s'échappent de la
station.

Probablement des navettes de secours Chiss. Sont-elles équipées de l'hyperdrive ?

Quelques instants plus tard, il a la réponse à sa question : toutes les navettes prennent la même direction, avant de disparaître dans l'hyperespace.

Nuru jette un œil sur les écrans de contrôle : plusieurs chasseurs se détournent de la station pour se lancer à la poursuite du vaisseau de Gunn. La seconde suivante, Bavard saute dans le siège du copilote.

Des tirs de laser pilonnent les boucliers arrière du *Harpy*. Gunn entame une manœuvre d'évasion et, sans même se tourner vers Bavard, ordonne :

— Entre les coordonnées de transposition d'urgence de notre dernier saut dans l'hyperespace dans l'ordinateur de navigation.

Bavard obéit immédiatement : il actionne différents boutons devant lui.

— Une transposition d'urgence ? s'étonne Nuru.

— Exact, gamin. On ne peut pas semer tous nos poursuivants ! Notre seule chance de nous en tirer est de filer dans l'hyperespace ! Mais pour ça, il nous faut une route, et la seule qui soit stockée dans notre ordinateur de navigation est celle que nous avons empruntée pour atteindre cette station spatiale.

— Mais ça va nous prendre un temps fou ! proteste Nuru.

— Nous n'avons pas le choix !

Et dans l'interphone, elle annonce :

— Que tout le monde s'accroche, on ne va pas tarder à entrer dans l'hyperespace.

Une embardée permet au *Harpy* d'échapper à d'autres chasseurs, mais ses boucliers continuent de subir le matraquage des lasers ennemis. Les doigts de Nuru s'enfoncent plus profondément dans le dossier du siège de Gunn.

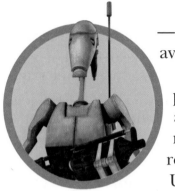

— Combien de temps avant le saut ?

— Si seulement votre petite amie bleue nous avait fourni plusieurs routes possibles pour la rejoindre…

Un rayon laser passe juste devant le cockpit.

— Hein ? Quelle petite amie ?

Ignorant Nuru, Gunn s'énerve :

— L'ordinateur de navigation est prêt ?

Trois longues secondes passent : Bavard vérifie les données techniques avant de se tourner vers Gunn et de lever les pouces en l'air.

— Où est le portail ? demande Gunn.

Bavard indique un point jaune sur l'écran de navigation. Gunn le regarde, repère la localisation du portail et oriente le vaisseau dans cette direction. À proximité du portail, Gunn ordonne :

— Vas-y, tire!

Un chasseur droïde surgit devant le *Harpy*,

Gunn l'évite de justesse pendant que Bavard tire sur la poignée de l'hyperdrive. Un instant plus tard, le *Harpy* se retrouve dans l'hyperespace. Les points lumineux dans l'espace deviennent de longs traits de lumière.

— On a réussi ! lâche Nuru, le souffle coupé.

Gunn éclate de rire.

— C'était à deux doigts !

— Ça, c'est sûr, acquiesce Bavard.

Gunn lui donne un coup de poing amical dans le bras.

— Toujours à papoter, toi !

Elle se tourne ensuite vers Nuru.

— Va prévenir les autres que nous sommes repartis pour un long voyage.

Nuru compte en profiter pour vérifier l'état de l'Aristocra. Il quitte le cockpit. Alors qu'il se faufile dans le tunnel pour rejoindre la cabine principale en se demandant si Veeren est encore inconsciente, la voix de la jeune fille retentit :

— Où suis-je ?

Dans la cabine, Coup-de-Poing et Aigle sont accroupis près du banc d'accélération sur lequel est ligotée Veeren. Coup-de-Poing l'a attachée quand elle était encore inconsciente pour qu'elle ne se blesse pas lors de leur entrée dans l'hyperespace. Pour sa propre sécurité. Mais elle est revenue à elle et, furieuse, elle se débat afin de se libérer.

À l'autre bout de la pièce, Pirate a enlevé son casque, mais il reste assis sans bouger.

Veeren réussit à dégager un de ses bras. Aussitôt, elle tente de frapper Aigle. Coup-de-Poing lui attrape le poignet.

— On se calme !

— Relâchez-moi tout de suite !

— C'est exactement ce qu'on essaie de faire !

— Aristocra, intervient Nuru en se rapprochant, s'il vous plaît, calmez-vous.

Veeren se tortille pour lui faire face. Ses yeux rouges lancent des éclairs.

— L'écran de votre salle de conférences a explosé, explique Nuru. Il y a eu beaucoup de fumée, puis le hangar a commencé à s'effondrer. Il a bien fallu qu'on vous sorte de là. Vous auriez pu mourir si ce soldat n'avait pas réagi aussi rapidement.

Il désigne Pirate, qui laisse Sabre l'aider à retirer son armure.

— Ça va, Pirate ?

— À peine une égratignure, monsieur, répond Pirate, mais j'ai besoin d'un nouveau patch antibactérien pour ma cage thoracique.

Sabre lui tend un pack médical.

Nuru revient alors à Veeren. Coup-de-Poing et Aigle ont enfin réussi à défaire les sangles qui la maintenaient : elle s'est redressée et regarde autour d'elle avec soin.

— Vous êtes sur un vaisseau, annonce Nuru. Votre station subissait une attaque lorsque nous nous sommes échappés.

Il précise, à l'attention de Pirate :

— J'ai vu un Metalhorn parmi les Séparatistes.

Pirate se rembrunit : il a vu le contremaître
Umbrag quitter Kynachi à bord d'un Metalhorn.

— Vous pensez que c'est une attaque me-
née par Umbrag ?

— Je n'en suis pas certain. Mais comment
a-t-il pu obtenir les coordonnées de la station
spatiale ? Il nous aurait suivis ?

Avant que qui que ce soit ne puisse lui répondre, Veeren prend la parole :

— Ramenez-moi sur-le-champ à la station
Ipfe !

— Je regrette, mais c'est impossible, lui
répond Nuru. Et pas seulement parce que
votre station n'existe peut-être plus… Nous
sommes actuellement dans l'hyperespace. Apparemment, c'était le seul moyen de sauver
notre peau ! D'ailleurs, vos camarades ont fait
le même choix. J'ai vu un grand nombre de
nacelles de secours quitter la station et toutes
semblaient vouloir rejoindre l'hyperespace.

— Quelle est votre route ? l'interroge Vee-ren sans desserrer les dents.

La gorge de Nuru se serre : Veeren va détester sa réponse. Il le sait.

— Les seules coordonnées stockées dans notre ordinateur de navigation pour la région des Terres Inconnues sont celles dont nous nous sommes servis pour atteindre votre station. Nous avons donc dû exécuter une transposition d'urgence pour faire le saut dans l'autre sens. Si cette hyperroute a un nom, je ne le connais pas, mais je peux vous montrer notre position approximative sur une carte, si vous voulez.

— Ce ne sera pas nécessaire, affirme Veeren. Vous allez me ramener dans l'espace Chiss le plus rapidement possible ! Dans le cas contraire, les Familles Dirigeantes de l'Empire Chiss, en apprenant l'attaque de notre station, penseront que la République Galactique et l'Alliance Séparatiste ont joint leurs forces contre nous. Et l'Empire considérera cette attaque comme une déclaration de guerre.

— Quoi ? suffoque Nuru. Mais nous sommes tous victimes de l'attaque des Séparatistes.

Veeren ferme les yeux et les garde fermés un bon moment, puis, elle les rouvre lentement et fixe le mur derrière Nuru.

— Je suis l'Aristocra Sev'eere'nuruodo de la Deuxième Famille Dirigeante de l'Empire Chiss. Vous ne recevrez aucune autre information de ma part tant que vous me garderez prisonnière.

— Prisonnière ? Aristocra, nous ne vous gardons…

Le regard de Veeren glisse sur le visage de

Nuru. Son expression est si dure que le jeune Jedi se tait.

— Je suis l'Aristocra Sev'eere'nuruodo, répète-t-elle froidement, de la Deuxième Famille Dirigeante de l'Empire Chiss.

Nuru ne connaît personne qui provoque chez lui une aussi grande frustration. Il s'oblige à inspirer profondément, puis à expirer longuement. Il se tourne ensuite vers Aigle et Coup-de-Poing.

— L'Aristocra n'est pas notre prisonnière, déclare-t-il. Assurez-vous qu'elle ait tout ce dont elle a besoin, mais gardez un œil sur elle. Et surtout, ne la laissez toucher à rien. Pour autant que je sache, c'est elle qui a planifié l'attaque de sa propre station spatiale.

— C'est ridicule ! proteste Veeren d'un ton cassant.

Nuru, les trois soldats et Sabre se tournent vers elle en même temps. Elle se rend alors compte qu'elle n'a pas tenu son engagement : elle n'a pas réussi à rester silencieuse. Elle baisse les yeux vers le sol.

Nuru n'est pas complètement sûr, mais il a cru voir les joues de Veeren bleuir comme si le sang lui était soudain monté au visage.

Coup-de-Poing le remarque lui aussi.

— Il y a un mot Chiss pour *embarrassée* ? marmonne-t-il.

Nuru ne quitte pas Veeren des yeux. Il se sert de la Force pour lire en elle : elle n'est pas seulement gênée, elle est aussi en colère. Et effrayée.

— Aristocra, vous m'avez bien fait comprendre que vous ne me faisiez pas confiance. Si vous choisissez de vous taire, je doute que notre relation puisse s'améliorer. Quoi qu'il en soit, je vous le promets, nous ferons tout notre possible pour vous ramener dans l'espace Chiss. Et je tiens aussi à vous certifier que personne, à bord de ce vaisseau, n'a communiqué aux Séparatistes les coordonnées spatiales de votre station.

Veeren relève la tête. Elle ne parle toujours pas, mais Nuru pense qu'elle est prête à écouter.

— Si je comprends bien, poursuit Nuru, vous avez fourni au Chancelier Palpatine les coordonnées permettant de rejoindre votre station et c'est celui-ci qui nous les a communiquées. Le Chancelier, par ailleurs, s'est inquiété de la présence d'espions Séparatistes dans l'espace Chiss. Et vous, vous soutenez que des vaisseaux non identifiés ont été vus à proximité de vos frontières. Serait-il possible d'imaginer que les Séparatistes aient intercepté la transmission de ces coordonnées ?

Veeren pince les lèvres avant de répéter :

— Je suis l'Aristocra Sev'eere'nuruodo de la Deuxième Famille Dirigeante de l'Empire Chiss.

Nuru grimace, puis secoue tristement la tête. Il détourne le regard de la jeune fille et s'adresse à Coup-de-Poing et Aigle :

— Nous avons un long voyage devant nous.

Je retourne dans le cockpit. Ne la quittez pas des yeux.

Il s'apprête à emprunter le couloir qui mène au cockpit quand il sent une autre émotion irradier de la jeune Chiss, toujours assise sur le banc. L'émotion est si intense que Nuru s'arrête net.

Elle me hait.

Il se retourne et examine le visage de la jeune fille : ses yeux rouges brillent de colère, mais ses traits n'ont pas changé. Nuru perçoit la différence, il sent que la tension est montée d'un cran. Elle est folle de rage.

Nuru fronce les sourcils, puis repart dans le tunnel. Il se demande pourquoi Veeren le déteste. Mais il sait que ce n'est pas la peine de le lui demander…

Une alarme sonore retentit dans le cockpit. Nuru, qui dort dans le siège du copilote, se réveille en sursaut. Bavard lui a laissé la place pour qu'il puisse se reposer un peu. Nuru ne voulait pas retourner dans la cabine principale. Trop près de Veeren ! Il se redresse rapidement pendant que Gunn coupe l'alarme d'un geste vif.

— Qu'est-ce qui se passe ?

Gunn est à sa place de pilote : une main sur les boutons de sa console et les deux yeux sur les traits de lumière de l'hyperespace.

— Nous allons quitter l'hyperespace.

Surpris, Nuru consulte les données de navigation affichées devant lui tout en bouclant automatiquement sa ceinture. D'après l'horloge du vaisseau, un peu moins de dix heures se sont écoulées depuis que le *Hasty Harpy* a quitté l'espace Chiss.

— Mais nous ne sommes pas censés quitter l'hyperespace avant… trois jours !

— Tout le monde s'accroche ! On quitte l'hyperespace ! crie Gunn dans l'interphone.

Le *Hasty* vibre et quitte l'hyperespace en culbutant. La ceinture de sécurité de Nuru

lui écrase violemment l'estomac. L'hyperdrive s'éteint automatiquement, aussitôt relayé
par les moteurs ioniques.
L'un des écrans émet un fort
bruit de parasites.

À l'extérieur du cockpit, les
étoiles lointaines deviennent
visibles, suivies par les vo-
lutes d'un grand nuage
de gaz et de poussière. Le
Harpy est au bord d'une
nébuleuse interstellaire.

D'une main, Gunn baisse le volume des
détecteurs et de l'autre, elle décélère jusqu'à
une allure qui leur donne l'impression de
planer. Nuru se rend compte qu'il s'est agrip-
pé au bord de la console devant lui. Il desserre les doigts et contemple la vue. Même
si la nébuleuse domine le paysage, Nuru
peut distinguer quelques étoiles. Malgré ses
études d'astronomie au Temple Jedi qui im-
pliquaient d'apprendre par cœur, selon diffé-

rents angles, les configurations stellaires, les constellations et les nébuleuses de toute la galaxie, Nuru ne reconnaît rien.

— On est dans quel système solaire ? demande Nuru.

— Donnez-moi une seconde ! répond Gunn pendant que ses mains dansent sur la console, tournant un bouton, appuyant sur un autre, demandant un diagnostic.

En même temps elle jette un œil sur son écran de navigation, jure entre ses dents, puis modifie les réglages de son écran de navigation.

— Bon, alors, la bonne nouvelle : nous n'avons subi aucun dégât.

— Bien, dit Nuru. Mais *où* sommes-nous ?

— Ça, c'est la mauvaise nouvelle…

Gunn effectue un nouveau réglage.

— Je n'en ai absolument aucune idée ! Et l'ordinateur de navigation non plus. Il ne reconnaît pas ce secteur. Et, la cerise sur le gâteau, c'est qu'il y a des interférences radioactives qui brouillent nos détecteurs. Et la boussole de l'hyperespace est détraquée elle aussi. Nous sommes peut-être en dehors des cartes officielles.

— Mais nous sommes forcément quelque part sur le trajet que nous avait fourni le Chancelier, non ?

— Je n'ai pas envie de me répéter, rétorque Gunn. Je ne suis sûre que de deux choses : du nombre d'heures que nous venons de passer dans l'hyperespace et que nous ne sommes pas là où nous étions à l'aller. Nous sommes dans un endroit où nous ne sommes jamais venus.

Nuru regarde l'écran de navigation.

— Et si on faisait une transposition de secours, pour revenir dans l'espace Chiss ?

Gunn secoue la tête d'un air lugubre.

— Si la dernière transposition n'a pas réussi à remonter notre trajet, je n'ose pas imaginer où l'on risque d'atterrir si on retente le coup ! Ça n'a aucun sens ! La transposition ne pouvait pas ne pas marcher !

— Vous connaissez bien cette technique ?

— Oui, je l'ai utilisée plus d'une fois, réplique Gunn sur un ton irrité. Mais c'est la première fois que je tombe de l'hyperespace au mauvais moment et au mauvais endroit !

Nuru examine la nébuleuse et se rend compte que le *Harpy* est en train de dériver.

Un instant plus tard, un vide sombre apparaît au bord de la nébuleuse. Nuru écarquille les yeux.

— Peut-être que nous ne sommes pas juste *tombés* de l'hyperespace.

— Comment ça ?

— On a peut-être été *extirpés* de l'hyperespace.

— Pardon ?

Gunn dévisage Nuru.

— Je ne comprends pas, dit-elle avant de suivre son regard fixé sur la tache sombre.

Un trou noir…

À suivre

La Guerre des Clones est loin d'être terminée : les Jedi protègent la République dans le 10ᵉ tome, *L'attaque des pirates*

Les choses se compliquent pour le groupe de Nuru...
L'Aristocra se considère comme leur prisonnière,
ce qui blesse le padawan. Après tout, c'est la première fois
qu'il rencontre quelqu'un de sa race... et il se révèle
être impossible de discuter avec elle !
Mais il y a pire encore... Le vaisseau croise la route
de dangereux pirates ! Comment le petit groupe
va-t-il pouvoir s'en sortir ?

Pour connaître la date de parution de ce tome,
inscris-toi vite à la newsletter du site
www.bibliotheque-verte.com !

Découvre les missions des Jedi !

1. L'invasion droïde

2. Les secrets de la République

3. Le retour de R2-D2

4. Un nouveau disciple

5. La trahison de Dooku

6. Le piège de Grievous

7. Le plan de Darth Sidious

8. L'enlèvement du Jedi

Aventures sur mesure

**Vis des aventures extraordinaires
avec la nouvelle collection de la
Bibliothèque Verte :
Aventures sur mesure !**

Tu as entre les mains un objet doté d'immenses pouvoirs.
Grâce à lui, tu vas pouvoir faire des choix et changer le cours de
l'histoire. Toi, jeune apprenti Jedi, réussiras-tu à protéger la
République de la terrible invention du Dr. Panith ? Vas-tu
privilégier ton amitié avec le jeune Jaylen ou bien la réussite
de ta mission de padawan ? C'est à toi de décider !

Et en mai, découvre
ta deuxième mission de padawan !